HIROSHIMA

HIROSHIMA

**NOVELA CORTA
DE
LAURENCE YEP**

SCHOLASTIC INC.
New York Toronto London Auckland Sydney
Mexico City New Delhi Hong Kong Buenos Aires

Originally published in English as *Hiroshima*
Translated by Jorge Ignacio Domínguez.

ISBN 0-439-76962-0

12 11 10 9 8 7 6 5 4 3   7 8 9 10/0

Printed in the U.S.A.
First Spanish printing, October 2005

A la memoria de Yoshiko Uchida

ÍNDICE

LA BOMBA 1

LA CIUDAD 4

EL TRABAJO 9

EL ATAQUE 14

EL HONGO 21

LA DESTRUCCIÓN 25

LAS DONCELLAS DE HIROSHIMA 30

¿PAZ? 38

EL PARQUE 44

EPÍLOGO 50

FUENTES CONSULTADAS 53

LA BOMBA

Al amanecer del 6 de agosto de 1945, un inmenso bombardero estadounidense ruge al despegar de la pista de una isla diminuta llamada Tinian. El piloto es el coronel Tibbets. Le ha puesto al avión el nombre de su madre: Enola Gay. En una misión de rutina, un B-29 llevaría de 4.000 a 16.000 libras de bombas, pero

el *Enola Gay* va en una misión especial.
Lleva una sola bomba. Es una bomba
atómica que pesa 8.900 libras. Todos esperan que la bomba atómica ponga fin a
una larga y horrible guerra.

🪷

Cuatro años antes, el 7 de diciembre de 1941, aviones japoneses habían
atacado sin previo aviso a numerosos
barcos estadounidenses anclados en
Hawái. Tomados por sorpresa, muchos
barcos y aviones fueron destruidos en
la base naval de Pearl Harbor. Estados
Unidos declaró la guerra a Japón y a
su aliada Alemania que, junto con otros
países, se enfrentaron en una guerra llamada la Segunda Guerra Mundial.

Alemania se rinde en 1945. Solo
Japón continúa luchando contra los
aliados, pero Estados Unidos tiene un

arma secreta: la bomba atómica. Es el arma más poderosa y terrible que existe. La bomba atómica es tan devastadora que Estados Unidos espera persuadir a Japón para que deje de luchar.

✿

Otros dos bombarderos van detrás del *Enola Gay*. Esos aviones solo llevan cámaras e instrumentos especiales para medir la explosión. Volando en formación, los tres bombarderos se dirigen al océano Pacífico y vuelan en medio de la oscuridad con rumbo a Japón.

LA CIUDAD

Son solo las siete de la mañana, pero ya se siente el aire cálido y húmedo de Hiroshima. La gente va a su trabajo. Los niños se apresuran para llegar a la escuela. Algunos soldados y mujeres salen de compras con cestas. Un coronel entrena a su caballo blanco. Esa mañana hay unas 320.000 personas en Hiroshima.

Dos hermanas caminan soñolientas en medio de la multitud. Riko tiene dieciséis años y Sachi, su hermana menor, tiene doce. Se han pasado la noche sin dormir, escondidas de los bombarderos estadounidenses, pero hasta el momento, los aviones siempre han atacado otras ciudades. Algunas personas piensan que Hiroshima es tan hermosa que los estadounidenses han decidido no bombardearla.

Riko y Sachi se detienen en un santuario. Rezan por su padre que está en el ejército. Al mirar el rostro sereno y generoso de Buda, se sienten en paz.

❦

Un bombardero de Estados Unidos sobrevuela la ciudad antes de que lleguen el *Enola Gay* y sus acompañantes. Ese bombardero se llama *Straight Flush*.

Tiene la misión de comprobar qué tiempo hace en Hiroshima. Si el cielo está nublado, el *Straight Flush* le dirá al *Enola Gay* que ataque otra ciudad.

La tripulación del *Straight Flush* observa ansiosamente a su alrededor en busca de aviones de guerra japoneses, pero los japoneses están reservando sus aviones para la invasión que todos esperan. Por eso hoy no hay aviones japoneses.

Al principio, la tripulación del *Straight Flush* solo ve nubes, pero de pronto, divisan un área sin nubes justo sobre Hiroshima. Los rayos del sol brillan sobre la ciudad en el área despejada.

La ciudad está rodeada de colinas verdes y sus siete ríos brillan como cintas de seda.

Hiroshima es el blanco perfecto.

La tripulación del *Straight Flush* le

indica al *Enola Gay* que siga rumbo a Hiroshima.

✿

Mientras tanto, en Hiroshima, alguien ve el *Straight Flush* y hace sonar la alarma.

Las sirenas suenan en breves intervalos. Por todas partes, la gente deja lo que está haciendo. Un tranvía se detiene en medio de la calle. Los pasajeros corren a esconderse en el refugio antiaéreo.

Sachi y Riko salen del santuario y se van con las demás personas.

—Ponte la capucha —le dice Riko a Sachi.

De las bolsas de emergencia, ambas sacan las capuchas para bombardeos. Se las ponen y las atan fuertemente. Si las bombas comienzan a explotar, se supone que las capuchas las protegerán de las chispas.

Bajan por la escalera con otras personas y se esconden en la oscuridad.

Sin embargo, el *Straight Flush* pasa sobre la ciudad sin atacar.

EL
TRABAJO

Cuando el *Straight Flush* se aleja finalmente, las sirenas avisan que ha pasado
el peligro. Con un suspiro de alivio, la
gente sale de los refugios antiaéreos.
Se apresuran a terminar lo que estaban haciendo. Regresan a sus casas a
preparar el desayuno. Los tenderos vuelven a abrir sus negocios. Los tranvías

continúan su recorrido por las calles de la ciudad.

Todos piensan que ha pasado el peligro. No creen que otros bombarderos vengan después del *Straight Flush*.

Sachi se quita la capucha al llegar a la calle.

—Detesto ponérmela —dice mientras la mete en su bolsa de emergencia.

—Vamos a llegar tarde —le dice Riko a Sachi. Las dos niñas se echan a correr mientras sus bolsas de emergencia y del almuerzo se bambolean en su espalda.

En la esquina, Riko detiene a Sachi.

—No te olvides de ponerte la capucha —le recuerda a su hermana.

Sachi sigue apresurada hacia la escuela y se reúne en el patio con sus compañeras. Hoy no van a estudiar en las aulas. Como son miembros de las brigadas de servicio, les han asignado trabajos al aire libre para ayudar a Japón a defenderse de la invasión de Estados Unidos.

Los niños mayores trabajan en fábricas. Otros, como Riko, recogen mensajes telefónicos en el comando central del ejército, que se encuentra en un antiguo castillo. Los niños hacen la labor de los soldados que han tenido que ir a luchar contra los estadounidenses.

Sachi y sus compañeros trabajan en la calle derrumbando casas. Es una escena muy triste para los dueños, pero saben que es necesario sacrificar sus casas para ayudar a Japón en la guerra.

En Japón, muchos edificios están hechos de madera y papel. En otras ciudades, los aviones estadounidenses han lanzado bombas y han causado incendios que han destruido grandes áreas. Hasta ahora, eso no ha sucedido en Hiroshima, pero como nadie quiere arriesgarse, el ejército y las autoridades de la ciudad han decidido hacer franjas antiincendio. Los espacios vacíos permitirán detener el avance de las llamas y también servirán de vías de acceso para los equipos de bomberos y de rutas de escape para huir de las llamas.

🪷

Sachi y sus compañeros ayudan a los adultos a derrumbar las casas. Luego, buscan entre los escombros cualquier cosa que puedan recoger para volver a usar después, como las tejas de los techos. Hace mucho calor y el aire húmedo hace que el polvo se pegue en sus rostros sudados. Para entretenerse mientras trabajan, los niños cantan al ritmo de las palas.

La mejor amiga de Sachi se pone guantes blancos para protegerse las manos. Varios niños se ponen cintas en la frente para que el sudor no les entre en los ojos.

Todo el mundo está muy ocupado mientras el *Enola Gay* se acerca a la ciudad.

EL ATAQUE

Por todo Japón hay vigías que observan el cielo en busca de bombarderos estadounidenses. A diecinueve millas al este de Hiroshima, un vigía ve el *Enola Gay* y los dos aviones que lo acompañan. Inmediatamente llama al comando central del ejército de Hiroshima.

Riko contesta el teléfono y escribe el

informe. Se sobresalta al saber que se acercan más bombarderos. Llena de rabia, piensa que todo ha sido una trampa para sorprender a la gente fuera de los refugios.

Llama inmediatamente a la estación de radio y pide a los locutores que avisen a toda la población.

Riko piensa que dentro del antiguo castillo no corre peligro, pero reza por su mamá, que está en casa, y por Sachi, que debe de estar derrumbando casas en la calle.

Mientras tanto, la gente sigue su vida normal, como si nada. Desayunan, comienzan a trabajar, los niños más pequeños salen a jugar fuera de las casas. Un coronel atraviesa un puente a caballo.

❦

A bordo del *Enola Gay,* el coronel Tibbets da la orden:

—Pónganse las gafas.

Los miembros de la tripulación se ponen las gafas protectoras, pero el coronel Tibbets tiene que ver claramente para dirigir la nave. Por eso no se pone gafas protectoras. El bombardero tampoco se las pone.

Todos están tensos y nerviosos. Nadie sabe con seguridad si la bomba estallará. Ayer en Tinian, el coronel Tibbets probó el dispositivo tipo cañón que debe hacer estallar la bomba. En esa ocasión no funcionó.

Ahora el bombardero observa por la mirilla de ataque y dirige el *Enola Gay* hacia su objetivo, que está ya a pocas millas de distancia.

Las compuertas del fuselaje del avión se abren.

El bombardero ve el punto de referencia para el ataque. Es un puente en forma de T. Sobre el puente, un coronel japonés cabalga en su caballo.

El bombardero aprieta el botón para dejar caer la bomba.

Abajo, en las calles de la ciudad, los niños escuchan el zumbido de los motores del *Enola Gay*. Miran hacia arriba y lo ven. Los flancos plateados del *Enola Gay* brillan al sol. Finas franjas blancas se dibujan en el cielo detrás de los motores. La amiga de Sachi grita alarmada y señala hacia arriba.

—¡Un B-29!

—¡Un B-29, un B-29! —grita la maestra.

Sachi recuerda entonces el consejo de su hermana. Saca la capucha de la bolsa de emergencia y se la pone.

Otra maestra sopla un silbato. Es la señal para que los niños se escondan en el refugio antiaéreo.

A bordo del *Enola Gay,* el bombardero grita:

—¡Bomba en el aire!

La inmensa y pesada bomba cae desde el avión. De repente, el *Enola Gay* queda mucho más liviano y da un salto en el aire. El coronel Tibbets es un piloto experimentado. Mantiene el control del avión y gira a la derecha.

La bomba desciende por el aire produciendo un zumbido.

En el *Enola Gay* un miembro de la tripulación enciende una radio especial que envía una señal al interior de la bomba.

Esta vez el detonador funciona. Dispara una bala de uranio en forma de cono contra una bola de uranio más grande.

❧

Todas las cosas están formadas por unas partículas muy pequeñas llamadas átomos. Son tan pequeñas que no se ven a simple vista. A su vez, los átomos están formados por partículas más pequeñas aún. La energía las mantiene unidas como un pegamento. Cuando un átomo se descompone en sus partículas, la energía se libera y se produce una gran explosión.

En el interior de la bomba, un átomo de uranio choca contra otro y ambos se descomponen. Sus partículas chocan con otros átomos, que se descomponen a su vez.

Este proceso se llama reacción en cadena. Dentro de la bomba hay millones y millones de átomos. Cuando todos se descomponen, se considera que la explosión de la bomba atómica es igual a la de 20.000 toneladas de dinamita. En 1945 no existía un arma más poderosa que ésa.

A medida que la reacción en cadena aumenta, la bomba cae a mayor velocidad. Pero no explota sobre el puente. En vez de caer en el puente, explota sobre un hospital.

Se produce una luz cegadora como un sol.

Se oye un sonido parecido al retumbar de un inmenso tambor.

Hay un viento terrible. Las casas se derrumban como cajas de cartón. Todas las ventanas se rompen. Los vidrios rotos vuelan como insectos mortíferos.

El viento golpea a Sachi como un martillo y la lanza por el aire. Siente como si hubiera caído en una caldera de aceite hirviendo. El viento le arranca la capucha y el resto de su ropa y la arrastra en el remolino de vidrios rotos.

No tiene tiempo de gritar. No hay quién la escuche.

Solo hay oscuridad...

Y por suerte, Sachi se desmaya.

EL HONGO

El *Enola Gay* describe un círculo. El mismo viento que ha lanzado a Sachi por el aire ha estado a punto de tumbar el avión. El coronel Tibbets logra equilibrar su nave. Los dos aviones acompañantes comienzan a tomar fotos y graban la explosión.

Hasta este momento, ninguna bomba

ha causado tantos daños materiales ni tantas muertes.

De los 76.327 edificios de la ciudad, más de 50.000 quedan destruidos.

Casi 125.000 personas mueren ese primer día o morirán poco después.

El viento mezcla el polvo con los escombros. Después arrastra todo formando una elevada columna gris morada. La parte superior de la columna de polvo se extiende en el cielo como un extraño y gigantesco hongo.

La parte inferior de la nube del hongo es de color rojo vivo. Por toda la ciudad se producen incendios. Surgen como llamas de un montón de carbones.

La bomba explota a 580 metros del suelo. La temperatura se eleva al instante a varios millones de grados Celsius. El calor es tan intenso que el hospital que está debajo y todos los que estaban en él desaparecen.

A doscientas yardas de ese sitio, las personas desaparecen, pero sus siluetas quedan dibujadas en ese instante como sombras sobre el cemento.

El comando central del ejército, incluidos todos los soldados, Riko y sus compañeras, queda destruido.

A una milla del lugar de la explosión, el terrible calor produce incendios.

El calor quema a las personas incluso a dos millas de distancia.

❧

A bordo del *Enola Gay*, el bombardero que va a la cola trata de contar los incendios, pero pronto se da por vencido porque son demasiados.

Todos los miembros de la tripulación han volado antes en bombarderos. Han lanzado toneladas de bombas convencionales. En cada uno de sus vuelos, han presenciado muerte y destrucción.

Pero nadie había visto jamás nada tan poderoso como esta bomba.

El copiloto escribe una nota en su diario personal: "¿Qué hemos hecho?".

✿

Cuando el uranio de la bomba se descompone, los fragmentos de sus átomos salen disparados. Penetran en la piel de las personas produciendo daños en el interior de sus cuerpos. A ese fenómeno se lo llama radiación. La radiación enfermará a miles de personas. Muchas de ellas morirán ese mismo día. Muchas más se enfermarán y morirán un año después. Algunas morirán cinco, diez o veinte años después. Otras siguen muriendo aún hoy.

LA DESTRUCCIÓN

Sachi se despierta unos minutos después cuando escucha que alguien grita. Al principio, hay tanto humo y polvo que le parece que tiene delante un muro negro. Entonces el humo y el polvo se levantan como una cortina. Sachi se queda petrificada cuando ve toda la devastación. Hace un momento, allí había una ciudad. Ahora todos los edificios están destruidos. Las calles están llenas de escombros y ruinas. Sachi no sabe qué ha podido causar semejante destrucción.

Espantada, avanza dando tumbos entre los escombros hasta detenerse delante de un jardín. Desde los edificios derrumbados la gente grita pidiendo auxilio. Antes de que Sachi pueda ayudar a nadie, los edificios estallan en llamas.

El aire está tan caliente a su alrededor que la hierba empieza a arder. Sachi se agacha y espera. El incendio se va apagando. De las casas cercanas siguen brotando llamas. La gente sigue gritando. Por todas partes se ve un mar de fuego.

Sachi sigue a un grupo de gente que entra en un cementerio. Va saltando por encima de las tumbas. Los pinos del cementerio se incendian produciendo un chisporreteo constante.

Más adelante ve un río. La gente se lanza al agua para escapar del fuego. En medio del pánico, algunos quedan aplastados por la muchedumbre. Otros se ahogan. Sachi no sabe nadar, pero se lanza al agua de todas formas. En ese momento ve un balde de madera flotando en el agua. Lo agarra y se abraza a él con desesperación.

En poco tiempo el río se llena de cuerpos.

La ceniza caliente de los incendios se eleva hasta muy arriba en el cielo. Al chocar con el aire frío, comienza a llover. Es una lluvia horrible.

Las gotas de lluvia son grandes como canicas negras y grasosas, llenas de polvo. Golpean la piel como guijarros.

La lluvia deja manchas negras y grasientas dondequiera que cae.

Es una lluvia radioactiva. Enfermará a mucha gente que también morirá.

Una hora después, la lluvia apaga los incendios. Alguien encuentra a Sachi y la lleva a un hospital.

Los habitantes de las afueras de Hiroshima piensan que están a salvo. Van enseguida a buscar a sus familiares y amigos en la ciudad arrasada. No conocen los efectos de la radiación. Algunos de ellos también se enfermarán y muchos morirán después.

Una madre recorre la ciudad en busca de sus hijos. Finalmente, llega a un hospital.

Los cadáveres de los niños están amontonados en el banco de un pasillo. La madre busca a su hija entre los cadáveres. De pronto, escucha un gemido. Es Sachi.

Sachi tiene terribles quemaduras en la cara y ni siquiera puede sonreír. Es como si no tuviera rostro. Tiene un brazo muy quemado. De todos sus compañeros de clase, es la única que ha sobrevivido.

A pesar de la nueva y terrible arma de Estados Unidos, los líderes militares de Japón no se rinden.

Tres días después, el 9 de agosto de 1945, los estadounidenses lanzan otra bomba, esta vez sobre la ciudad de Nagasaki. La mayor parte de la ciudad queda también destruida. Setenta mil personas mueren en el ataque.

Finalmente, el 15 de agosto, Japón se rinde. La Segunda Guerra Mundial ha concluido.

LAS DONCELLAS DE HIROSHIMA

El padre de Sachi no regresa a casa con los soldados supervivientes. Ha muerto en una isla del Pacífico, pero la guerra no termina para Hiroshima. La radiación mata a muchas personas ese año.

Sachi y su madre han sobrevivido, pero muchos de sus amigos y vecinos han muerto, y la radiación seguirá matando a muchas personas en los próximos años. Hay gente que sigue muriendo aún hoy.

❦

Sachi todavía tiene cicatrices. Vive escondida en su casa durante tres años. A su alrededor escucha cómo reconstruyen la ciudad y cómo llegan otras personas a vivir en ella.

Las flores vuelven a brotar. Algunas son tan bellas como las de antes, pero otras crecen deformadas a causa de la radiación.

Cuando Sachi sale de su casa, suele llevar una máscara quirúrgica para cubrirse la cara quemada. En una ocasión no se la pone y se encuentra con algunos niños que se han mudado recientemente a la ciudad. Los recién

llegados se burlan de ella por las cicatrices que tiene en la cara y en el brazo. Le
dicen que parece una mona.

La gente tiene miedo de las personas
que sobrevivieron la bomba. Evitan
acercarse a los supervivientes. Piensan que son gente rara, como las flores
deformes.

· En 1949, el director de una revista de
Nueva York, Norman Cousins, visita
Hiroshima. Cousins y otras personas
están interesados en ayudar a las víctimas de Hiroshima. Aunque hay miles
de personas que necesitan operaciones
quirúrgicas, deciden comenzar con un
pequeño grupo. Los estadounidenses y
los japoneses colaboran en esa labor.
Escogen a veinticinco mujeres. Los
periódicos de Estados Unidos las llaman "las doncellas de Hiroshima".

Muchas personas están dispuestas
a ayudar a las doncellas. Algunos

cirujanos estadounidenses donarán su tiempo para atenderlas. Familias estadounidenses recibirán a las doncellas en sus casas mientras reciben tratamiento.

Las mujeres salen de Hiroshima en un avión militar estadounidense.

Al principio están muy nerviosas: recuerdan el avión estadounidense que mató e hirió a tantas personas. Cuando un soldado trata de servirle un refresco, Sachi niega con la cabeza muy asustada. Cuando otro soldado le ofrece una toalla húmeda para que se refresque, vuelve a negar con la cabeza.

Finalmente, un soldado trata de hablar en japonés con Sachi. Como sabe muy pocas palabras, dice oraciones simples como los bebés. Eso hace sonreír a Sachi. Trata de hablar con él, pero es difícil entenderse.

Entonces Sachi recuerda el libro que

les han entregado a todas las mujeres.
Lo saca y se lo muestra al soldado. Es
un libro de canciones de campamen-
to. Aunque Sachi no sabe leer inglés,
reconoce las notas musicales. Señala la
primera palabra. El soldado la pronun-
cia en voz alta. Sachi la repite hasta que
él asiente con la cabeza para decirle que
la ha dicho bien.

Cuando terminan la primera página,
Sachi trata de cantar lentamente. El
soldado comienza a acompañarla
enseguida. Las otras mujeres sacan sus
libros de canciones. Al poco rato, todos
están cantando en el avión.

Cuando las doncellas finalmente llegan a Nueva York en mayo de 1955,
todo les resulta extraño y nuevo. La
comida es diferente y las costumbres
también. Una de las mujeres pregunta
dónde están los vaqueros.

Sachi se aloja en la casa de una familia

estadounidense. Al principio tiene miedo, pero trata de comportarse como una buena hija japonesa. Sus anfitriones estadounidenses comienzan a verla como parte de su familia.

Sachi escribe cada noche las palabras nuevas que va aprendiendo en inglés, porque quiere hablar con sus amigos de Estados Unidos. A su vez, les enseña los juegos que jugaba de niña. Eso la ayuda a mantenerse ocupada mientras se recupera de las numerosas operaciones que le hacen en la cara y el brazo.

En un programa de televisión, uno de los miembros de la tripulación del *Enola Gay* ve a dos de las doncellas. Cuando ve lo que les ha sucedido, se pone a llorar.

Durante 18 meses, las 25 mujeres se someten a 138 operaciones quirúrgicas gratuitas. Es un proceso largo y doloroso y las operaciones no siempre tienen éxito. Una de las doncellas muere, pero las demás continúan valerosamente con las operaciones.

Para los médicos es una misión de buena voluntad. Para las mujeres es cuestión de fe y esperanza.

Cuando termina el tratamiento, Sachi ya ha hecho muchos amigos en Estados Unidos. Todos están tristes de tener que separarse de ella.

Como otros niños, Sachi ha sobrevivido la guerra y su doloroso recuerdo. Su sufrimiento le ha hecho comprender los sufrimientos de otras personas. Quiere ayudar a las víctimas que aún están en Hiroshima.

En un banquete de despedida, le piden que hable. Primero levanta su brazo con orgullo. Con voz queda, les cuenta a los presentes que su brazo estuvo inutilizado durante años. Ahora lo puede levantar. Durante años estuvo escondida en su casa. Ahora puede volver a sonreír al mundo. Está lista para comenzar una nueva vida.

Sachi y las demás doncellas regresan a Japón. Se llevan las cenizas de la mujer que murió durante el tratamiento. Llaman a su grupo el Club de las Azaleas, porque la azalea florece en mayo y porque llegaron en mayo a Estados Unidos.

Sin embargo, no todo el mundo apoya el proyecto en Japón. Piensan que todo el dinero gastado en el tratamiento de las doncellas se debería haber invertido en Hiroshima.

Debido a esta controversia, ningún otro superviviente viaja a Estados Unidos. En lugar de ello, Japón construye un hospital dedicado a atender a los supervivientes. Y en 1957, se aprueban leyes para ayudar a las víctimas.

¿PAZ?

Después de Hiroshima, la guerra adquiere un significado nuevo y terrible. Todo el mundo tiene miedo de la poderosa arma atómica. Cuatro años después de Hiroshima, la Unión Soviética anuncia que ha fabricado su propia bomba atómica. Estados Unidos decide inmediatamente hacer una bomba más grande y poderosa. En todas partes del mundo, la gente comienza a temer que Estados Unidos entre en guerra con la Unión Soviética.

En todas las escuelas de Estados Unidos, los niños practican lo que deben hacer en caso de ataque. Se esconden debajo de los pupitres en caso de que los soviéticos lancen sus bombas atómicas. Muchas familias cavan grandes hoyos en sus patios. En los hoyos construyen refugios de cemento para refugiarse durante un ataque con bombas atómicas.

Gran Bretaña también desarrolla su propia bomba atómica. Al principio, los países prueban sus bombas al aire libre, pero el viento esparce el material radioactivo. El 1 de marzo de 1954, varios pescadores japoneses se enferman después de una prueba de Estados Unidos. Uno de los pescadores muere. Gran Bretaña, la Unión Soviética y

Estados Unidos prometen no hacer más pruebas atómicas al aire libre. Acuerdan hacer sus pruebas bajo tierra. Tardan nueve años en firmar el acuerdo. Durante ese período, Francia fabrica su propia bomba atómica, pero no firma el acuerdo. Otros países también se niegan a firmarlo. Algunos de ellos, como China, quieren fabricar sus propias bombas atómicas.

Fabricar todas esas bombas cuesta muchísimo dinero. Estados Unidos ha pagado 750 mil millones de dólares por aproximadamente 60.000 armas y por los bombarderos y misiles que se necesitan para llevarlas a sus objetivos.

Cada año hay armas nuevas y más sofisticadas, como los misiles crucero que pueden volar a baja altura. Son muy difíciles de detectar y en su interior tienen computadoras que los guían hasta sus blancos.

El 8 de diciembre de 1987, Estados Unidos y la Unión Soviética acuerdan destruir todos sus misiles de mediano alcance. Esos misiles pueden recorrer hasta 3.400 millas. Inspectores de ambos países se encargarían de comprobar que los misiles fueran realmente destruidos. Tardan seis años en desmantelar todos los misiles.

Entretanto, la Unión Soviética se ha desintegrado, dando lugar a la creación de varias repúblicas. Las repúblicas más grandes, como Ucrania y Kazajstán, tienen arsenales de bombas atómicas. Esas repúblicas y Estados Unidos han llegado a un acuerdo para destruir algunas de esas armas.

Se sospecha que muchos países ya son capaces de desarrollar bombas atómicas. Y otros ya tienen o están en vías de construir sus propias bombas atómicas. Entre ellos están

India, Irak, Israel, Corea del Norte y Pakistán.

Algunas de las armas son ahora miles de veces más poderosas que la bomba de Hiroshima.

Hoy en día existen bombas suficientes para destruir el mundo muchas veces.

Y si tan solo explotara la mitad de esas bombas atómicas, los científicos piensan que producirían suficiente humo para oscurecer el planeta. Durante el día, no habría más luz que la que hay a la hora del ocaso. Esto produciría una especie de invierno en todo el planeta. El frío mataría a todas las plantas. De modo que, incluso en los lugares donde no estallara ninguna bomba, los animales y las personas morirían de hambre.

Los científicos dicen que si las bombas volvieran a estallar, nadie saldría victorioso, pues no habría supervivientes.

Se acabaría la vida en el planeta Tierra.

Si bien el miedo ha llevado a algunos gobiernos a tratar de tener armas atómicas, el miedo también ha hecho que muchas personas reflexionen. Muchos desean la paz sin armas nucleares.

En 1985, 40 años después del lanzamiento de la bomba atómica, personas de todo el mundo participaron en marchas por la paz. En Washington, D.C., la capital de Estados Unidos, miles de personas desfilaron portando estandartes con mensajes y símbolos de paz. Esos estandartes se unieron para formar una inmensa cinta de la paz de 15 millas de largo.

EL PARQUE

En la actualidad hay un parque en el lugar donde cayó la bomba en Hiroshima. Cerca del parque hay un museo. Se inauguró en 1955 y contiene alrededor de 6.000 objetos que quedaron después de la explosión.

Cada año, 1.200.000 personas visitan el museo. Miran las fotos y las exposiciones. Observan tejas torcidas y botellas derretidas. Son extrañas e inquietantes reliquias de aquel momento terrible.

Los japoneses han construido una nueva ala en el museo. La nueva exposición muestra el papel que jugó Japón en la Segunda Guerra Mundial y cómo la ciudad de Hiroshima participó en la lucha. Por primera vez se ve el bombardeo en su contexto histórico.

En el parque también se encuentra la Cúpula de la Bomba Atómica que contiene un sarcófago de piedra. Dentro del sarcófago están los nombres de todas las personas que murieron en Hiroshima a causa de la bomba atómica. La radiación ha cobrado miles de vidas, además de las de aquellos que murieron el primer día de la explosión.

Todos los años, el 6 de agosto, se añaden nombres a la lista. Cuarenta años después de la bomba, la lista tenía 125.000 nombres. Posteriormente, se han añadido entre cuatro y cinco mil nombres al año.

En el monumento están grabadas estas palabras:

"Descansen en paz
porque ese error no volverá a repetirse".

En 1955, una niña llamada Sadako se enfermó a causa de la radiación. Según una leyenda que le contaron, se le concedería un deseo si hacía mil grullas de papel. Como quería salvar su vida, comenzó a hacer grullas de papel, pero su sueño no se hizo realidad. Sadako murió diez años después de la bomba.

Los compañeros de la escuela de Sadako quedaron tan impresionados con su muerte que ayudaron a recaudar dinero para construir un monumento en su honor. En la parte superior del monumento hay una estatua de Sadako de tamaño natural. Sostiene una grulla dorada sobre su cabeza. Abajo, a cada lado, están las estatuas de un niño y una niña volando en el aire. El monumento está dedicado a todos los niños que murieron a causa de la bomba atómica.

Poco después de la muerte de Sadako, unas estudiantes de Hiroshima fundaron el Club de las Grullas de Papel. Comenzaron a hacer grullas de papel como las de Sadako. Era una manera de recordarla a ella y a las demás víctimas jóvenes de Hiroshima.

Cada año, niños de todo el mundo envían alrededor de 400 millones de grullas de papel a Hiroshima. Las grullas se ensartan con hilos y se cuelgan en tupidas capas debajo de la estatua de Sadako.

Y todos los años, la gente va al parque el 6 de agosto para participar en una ceremonia muy especial. Al caer la noche, van al río que una vez estuvo lleno de cadáveres, llevando en la mano cajas de papel con velas.

Sachi también va. En los lados de la caja, pintados con suaves colores, ha escrito los nombres de su padre y de su hermana. Enciende la vela y pone la cajita en el agua. La caja se aleja rápidamente.

La corriente va reuniendo las cajas con las velas que se asemejan a una bandada de pájaros refulgentes color pastel. Meciéndose en el agua, las cajas flotan hacia el mar y hacia la noche misma. Y mientras las diminutas luces se adentran en la oscuridad, la gente reza porque todo el mundo recuerde a Hiroshima y trabaje por la paz.

La bomba atómica es un arma demasiado terrible.

Jamás debe volver a caer.

EPÍLOGO

El personaje de Sachi es una combinación de las historias de varios niños que vivían en Hiroshima cuando ocurrió el ataque y que luego vinieron a Estados Unidos. Todos deberíamos aprender de su sufrimiento y su valentía.

Al contar su historia, he encontrado grandes contradicciones entre los datos estadísticos. Por ejemplo, cuando se lanzó la bomba en Hiroshima, se dijo que era una bomba de veinte kilotones. Hoy en día, la mayoría de los especialistas coinciden en que en realidad se trataba de una bomba de trece kilotones.

Debido a la evacuación de civiles y a los movimientos de tropas, no hay un cálculo preciso de la población de Hiroshima en el momento del bombardeo atómico. La escala y la intensidad de la destrucción han hecho que sea imposible determinar con seguridad cuántas personas murieron ese día.

El número de muertes mencionado aquí se basa en datos publicados en *Hiroshima and Nagasaki: The Physical, Medical and Social Effects of the Atomic Bombings* (*Hiroshima y Nagasaki: Efectos físicos, médicos y sociales de los bombardeos atómicos*), escrito por el Committee for the Compilation of Materials on

Damage Caused by the Atomic Bombs in Hiroshima and Nagasaki (Comité a cargo de la compilación de materiales sobre los daños causados por las bombas atómicas en Hiroshima y Nagasaki), que se considera la fuente más autorizada sobre los ataques.

Los datos oficiales sobre daños en Hiroshima y Nagasaki también varían según la fuente y probablemente nunca se sepan las cifras exactas. He utilizado las cifras de las encuestas oficiales de ambas ciudades citadas en *Hiroshima and Nagasaki*.

L.Y.

FUENTES CONSULTADAS

Barker, Rodney. *Hiroshima Maidens*. New York: Viking, 1985

Committee for the Compilation of Materials on Damage Caused by the Atomic Bombs in Hiroshima and Nagasaki. *Hiroshima and Nagasaki: The Physical, Medical and Social Effects of the Atomic Bombings*. Trans. Eisei Ishikawa and David L. Swain. New York: Basic Books, 1981.

Del Tredici, Robert. *At Work in the Fields of the Bomb.* New York: Harper & Row, 1987.

Gigon, Fernand. *The Bomb.* Trans. Constantine Fitz Gibbon. New York: Pyramid Books, 1960.

Hersey, John. *Hiroshima.* New York: Alfred A. Knopf, 1985.

Hiroshima Jogakuin High Shool. English Department. Trans. *Summer Cloud.* Tokyo: San-yu-sha, n.d.

Huie, William Bradford. *The Hiroshima Pilot.* New York: G.P. Putnam & Sons, 1964.

Kome, Penney and Patrick Crean, eds. *Peace, A Dream Unfolding.* San Francisco: Sierra Club, 1986.

Lifton, Betty Jean and Eikoh Hosoe. *Return to Hiroshima.* New York: Kodansha, 1984.

Lifton, Robert Jay. *Death in Life.* New York: Random House, 1967.

FUENTES CONSULTADAS

Lloyd, Alwyn. *B-29 Superfortress, Production Versions.* Blue Ridge, PA: TAB Books, 1983.

_____. *B-29 Superfortress, Part 2, Derivatives.* Blue Ridge, PA: TAB Books, 1987.

MacPherson, Malcom C. *Time Bomb.* New York: E.P. Dutton, 1986.

Oe, Kenzaburo. *Hiroshima Notes.* Trans. Toshi Yonezawa; Ed. David L. Swain. Tokyo: YMCA Press, 1981.

Osada, Arata. *Children of Hiroshima.* London: Taylor and Francis; Tokyo: Publishing Committee for "Children of Hiroshima," 1980.

Pimlott, John. *B-29 Superfortress.* Secaucus, NJ: Chartwell Books, 1980.

Rhodes, Richard. *The Making of the Atomic Bomb.* New York: Simon & Shuster, 1986.

Thomas, Gordon and Morgan Witts. *Enola Gay.* New York: Pyramid Books, 1977.

Time-Life Books. *The Aftermath: Asia*. New York: Time-Life Books, 1983.

_____. *Japan at War*. New York: Time-Life Books, 1980.

Wheeler, Peter. *Bombers Over Japan*. New York: Time-Life Books, 1982.

Wyden, Peter. *Day One*. New York: Simon & Schuster, 1984.

Además, se consultó a especialistas del Museo Nacional de la Aviación y el Espacio del Instituto Smithsonian y del Museo Nacional Atómico, y también se consultaron artículos de *The New York Times, San Francisco Chronicle, San Francisco Examiner* y *Facts on File World News Digest*.